VENTE DU SAMEDI 17 MAI 1890

Hôtel Drouot, Salle n° 7, à 2 heures précises

COLLECTION A. V.-H.

750
AFFICHES ILLUSTRÉES

Sur les Théâtres, Cafés-Concerts, Cirques, Littérature, Commerce

Industrie, etc.

OEUVRE DE JULES CHÉRET

CHOUBRAC, GRANDVILLE, GRASSET, WILLETTE

ESTAMPES, CARICATURES POLITIQUES, RECUEILS

De Boilly, Cham, Daumier, Gavarni, Lanté, H. Monnier, C. Nanteuil, etc.

DESSINS ORIGINAUX DE GRÉVIN

COSTUMES DE L'OPÉRA PAR GUILLAUMOT FILS

Albums, Gravures de Modes, etc.

Mᵉ MAURICE DELESTRE	M. ED. SAGOT
Commissaire-Priseur	*Libraire et Marchand d'Estampes*
Rue Drouot, n° 27	Rue Guénégaud, 18

PARIS — 1890

IMPRIMERIE MAULDE et RENOU

A. MAULDE & Cie

IMPRIMEURS DE LA COMPAGNIE DES COMMISSAIRES-PRISEURS

Rue de Rivoli, 144. — Paris.

COLLECTION A. V.-H.

750

AFFICHES ILLUSTRÉES

Sur les Théâtres, Cafés-Concerts, Cirques, Littérature, Commerce

Industrie, etc.

ŒUVRE DE JULES CHÉRET

CHOUBRAC, GRANDVILLE, GRASSET, WILLETTE

ESTAMPES, CARICATURES POLITIQUES, RECUEILS

De Boilly, Cham, Daumier, Gavarni, Lanté, H. Monnier, C. Nanteuil, etc.

DESSINS ORIGINAUX DE GRÉVIN

COSTUMES DE L'OPÉRA PAR GUILLAUMOT FILS

Albums, Gravures de Modes, etc.

Mᵉ Maurice DELESTRE	**M. Eᴅ. SAGOT**
Commissaire-Priseur	*Libraire et Marchand d'Estampes*
Rue Drouot, n° 27	Rue Guénégaud, 18

PARIS — 1890

LA VENTE AURA LIEU

LE SAMEDI 17 MAI 1890

A 2 HEURES TRÈS PRÉCISES DU SOIR

HOTEL DROUOT — SALLE N° 7

Par le ministère de **M° Maurice DELESTRE**, Commissaire-Priseur
rue Drouot, 27

Assisté de **M. Edmond SAGOT**, Libraire, rue Guénégaud, 18

CONDITIONS DE LA VENTE

La vente se fait expressément au comptant.

Les Acquéreurs paieront CINQ POUR CENT en sus des enchères, applicables aux frais.

Il y aura exposition avant la vente, de 1 heure à 2 heures.

M. Ed. SAGOT, chargé de la vente, remplira les commissions des personnes qui ne pourraient y assister.

NOTA. — Les indications suivantes ont été adoptées pour les formats :

In-4.... .. .. Demi-colombier.
In-fol............. ... Colombier.
Gr. in-fol... ...... Double-colombier et au-dessus.

Pour l'œuvre de JULES CHÉRET, les indications (B.) réfèrent à l'intéressant Catalogue de M. Henri BERALDI : *les Graveurs du XIX° siècle*, tome IV, pages 168-203.

A. MÉULE et Cie, imprimeurs de la Compagnie des Commissaires-Priseurs,
rue de Rivoli, 144.   500—5826

CATALOGUE

DE LA

COLLECTION A. V.-H.

AFFICHES ILLUSTRÉES

I. ÉDITEURS DE MUSIQUE

1 — *Aben Hamet* (jolie affiche dessinée par Orazzi, Paris, Heugel). — *Amor* (dessiné par Edel, Milan Riccordi. — *Aïda* (A. Leduc). — *L'Amour mouillé* (Choudens). — *L'Amour médecin* (Durand). — *Ali-Baba* (Choudens). — *Alice de Nevers* (Gérard). — *Les Brigands* (Escudier). — *La Belle Sophie* (Bathlot). — *M. Boniface* (Enoch). 10 affiches in-fol.

2 — *La Béarnaise* (Enoch). — *La Belle-Poule* (Gérard). — *Les Braconniers, Belle-Lurette, le Billet de logement* (Choudens). — *Babolin* (Choudens). — *Le Capitaine Fracasse* (A. Leduc). — *Le Char* (Gérard). — *Les Cloches de Corneville* (Bathlot). — *La Cigale et la Fourmi* (Choudens). 10 pièces in-fol.

3 — *Carmen* (très jolie, Choudens). — *Le Cid* (jolie affiche de Clairin, Hartmann). — *Les Contes d'Hoffmann* (très jolie, Choudens). — *Cinq-Mars* (A. Grus). *La Cosaque* (Choudens). — *Le Chevalier Jean* (Grus). — *Coquelicot* (Choudens). — *Le Cœur et la Main* (Brandus). — *Les Charbonniers* (petite affiche de Régamey, Heugel.—*Dix Jours aux Pyrénées* (Choudens). 10 pièces in-fol.

4 — *Don César de Bazan* (très belle affiche de Célestin Nanteuil, Hartmann). — *Le Droit d'aînesse* (Enoch). *Dimitri* (Grus). — *Le Droit du Seigneur* (Choudens). — *La Fauvette du Temple* (Enoch). — *La Force du Destin, Fanfreluche, Fior d'Aliza, La Fille du Tambour-Major, La Femme à Papa* (Choudens). 10 pièces in-fol.

5 — *Hamlet* (très belle affiche, par A. de Neuville, Heugel. — *Le Grand Mogol, La Girouette, La Gamine de Paris, Gilette de Narbonne* (Choudens). — *Galante Aventure* (Durand). — *Gwendoline* (Enoch). — *Giroflé-Girofla* (Brandus). — *Hérodiade* (Hartmann). — *Joséphine vendue par ses Sœurs* (Choudens). 10 pièces in-fol.

6 — *Faust, La Jolie Persane* (Brandus). — *La Jolie Parfumeuse* (Choudens). — *Jean de Nivelle* (Heugel). — *Jocelyn* (Choudens). — *La Korrigane* (Heugel). — *Kosiki* (Brandus). — *Lackmé* (Heugel). — *Les Mousquetaires au Couvent* (Choudens). — *Méfistofele* (Riccordi). 10 pièces in-fol.

7 — *Manon* (Hartmann). — *Marie-Magdeleine* (Hartmann). — *Le Mariage au Tambour, Mam'selle Nitouche, Madame l'Archiduc, La Mascotte, Mireille, Maître Wolfram, Les Noces d'Olivette* (Choudens). 10 pièces in-fol.

8 — *L'Ombre* (Brandus). — *L'Oiseau Bleu* (Choudens).
L'Oie du Caire (Heugel). — *Paul et Virginie* (Micaëlis). — *Le Petit Abbé* (Egrot). — *Les Pêcheurs de
Perles, le Puits qui parle, Patrie* (Choudens). —
— *Le Petit Parisien* (Enoch). — *Piccolino* (Durand).
10 pièces in-fol.

9 — *Le Pompon, Plutus* (Brandus). — *Psyché* (Heugel).
— *La Princesse des Canaries, les Petits Mousquetaires, le Petit Chaperon-Rouge, les Pommes d'Or*
(Choudens). — *Panurge* (Gérard). — *Rêve d'Amour*
(Escudier). — *Le Roi de Carreau* (Brandus).
10 pièces in-fol.

10 — *Roméo et Juliette, la Reine des Halles, Rip-Rip*
(Choudens). — *Sigurd* (Hartmann). — *La Surprise
de l'Amour* (Durand). — *Le Saïs* (Choudens). —
Sylvia (Heugel). — *Serment d'Amour* (Choudens).
— *Les Templiers* (Enoch). — *Le Tribut de Zamora,
la Taverne des Trabans, le Timbre d'Argent* (Choudens). — *Une Nuit de Cléopâtre* (Grus). — *La Vie
mondaine* (Brandus). — *Le Voyage dans la Lune*
(Choudens).

II. AFFICHES DE THÉATRES

11 — La Fille du Diable, le Fils de Porthos (*Ambigu*). —
Joséphine vendue par ses Sœurs, Oscarine (*Bouffes*).
— Paris sans Paris, le Voyage au Caucase, Isoline
(*Renaissance*). — Surcouf, Paris-Cancans, Paris en
général, Rip (*Folies*). 11 pièces grand in-fol.

12 — Les Français au Tonkin, la Casquette du Père-Bugeaud, Juarez, Augereau, Kléber, le Fiacre n° 13 (*Château-d'Eau*). — Le Grand Mogol (*Gaîté*). — Roland à Roncevaux (*Théâtre-Lyrique*). — Les Maris inquiets (*Déjazet*). — Round the World (*Empire-Théâtre*). 10 pièces in-fol. et grand in-fol.

13 — La Poule aux Œufs d'or, le Tour du Monde, Madame Thérèse, Michel Strogoff (*deux différentes*). — Peau d'Ane, M. de Crac (*grande et petite*). — Coco-Fêlé (*grande et petite*). — Le Prince-Soleil (*Châtelet*). — Mamsell'Crénom (*Bouffes*). — 12 pièces, divers formats.

14 — Brahma, Viviane, Messalina, la Fille de Mme Angot, le Pied de Mouton (*deux différentes*). — Le Duo de la fille de Mme Angot, le Petit-Duc, Brahma (ballet, Excelsior, Herrmann, Lauri-Lauri's, grand bal de la Société l'Avenir. Tous les soirs grand spectacle varié (*Éden-Théâtre*). 14 pièces, divers formats.

15 — Patrie, la Grande Marnière, le Chevalier de Maison-Rouge, Théodora, la Bouquetière des Innocents, Mamsell' Pioupiou (*Porte-Saint-Martin*). — Cendrillon (*Châtelet*). — Le Grand Mogol, Denis Papin, le Petit Poucet (*grande et petite*), la Fille du Tambour-Major, Dix jours aux Pyrénées (*Gaîté*). — 13 p. divers formats.

16 — **Théâtres divers et Tournées artistiques :** Un Lycée de jeunes Filles, les Mousquetaires au Couvent (*Gobelins*). — Pêle-Mêle Gazette (*Menus-Plaisirs*). — La Cantinière (Nouveautés). — Clara-Soleil (Vaudeville). — Michel Strogoff (Montparnasse) — Les Gitanes de Grenade (Grand théâtre de l'Exposition). — Moka (tournée Delagarde). — Martyre (tournée Achard). — Tournée de l'Abbé Constantin. — Tournée Fusier, Grand Théâtre Cocherie. — 12 p. divers formats.

III. BALS, CIRQUES, CAFÉS-CONCERTS

ET SPECTACLES DIVERS

—

17 — **Alcazar d'Été et d'Hiver** : Trewy. — Sujet
Louis XV. — Tous les soirs. — Paulus, Duparc,
Demay, Anna Thibault. — Le Baptême du Petit
Ludovic. — Enfin Paulus rentre ce soir. — Les
Alexander. — Mlle Duparc. — Mlle Dowe. — Carmen-
cita. — Réval. — Garnier. — Trewy. — Matinées.
Geraudelisons. — Tout-Paris, revue au théâtre
Robert-Houdin. — 17 p. divers formats.

18 — **Ambassadeurs** : Enfant distribuant des portraits.
— Trucs et Lumières de Dillon neveu. — Les Frères
Tacchi. — Le Clairon Amiati. — Vue de la scène.
Violette et Brunin. — Toto Carabo Sulbac. — Tous
les soirs : Orchestre Hongrois. — Plebins. — Ples-
sis. — Les Bozza. — Violette (Gaga). — Le Temps
et Sapho. — Un vis-à-vis. — Le Casque du pompier.
— Une Noce villageoise. — 15 p. divers formats.

19 — **Bataclan** : Après les autres ; *Scala* : Ouvrard ;
Ki-Ri-Ki-Ki ; Paulus, (de dos) ; tous les soirs Paulus ; Mlle Zélie Weil ; le Capricorne ; la Troupe vien-
noise ; l'Enfer des revues. *Eldorado* : Ohé ! Brique-
douille ; Bourgès ; Awata ; les Chansons de Darcier ;
Original Uline Brothers ; Y a pas d'erreur. 15 p.
divers formats.

20 — **Cirque d'Hiver** : Les Rois du patin (gr. in-fol.) ;
la Vie parisienne ; les Chats ; Ceylan ; Papillons
noirs et blancs ; *Cirque d'Été* : La Femme méli-

nite ; Vue de la piste ; les Loups russes ; *Champs-Élysées :* Tous les soirs (écuyère et drapeau américain) ; Cachallot Ball ; tous les soirs fête champêtre; *Cirque Fernando :* Spectacle varié ; *Cirque Corvi :* Nous arrivons; Cirque miniature. 14 p. divers formats.

21 — **Folies-Bergères :** Tom Cannon ; le Sculpteur et le Chien ; Merveilleux éléphants de Sam Lockhart ; Nala Damajanti ; les Selbins ; Lady Alphonsine ; les Craags ; la princesse Pauline ; Dorina et Rigoli ; Salvator et ses lions; Rudesindo Roche et ses loups ; Superbe Affiche en trois pièces, représentant la salle ; Affiche sans texte (de Choubrac) ; Léona Dare (en Mercure) ; Léona Dare (en statue, avec lyre); les Léopold ; le célèbre Jongleur japonais ; la famille Birmane. 18 belles pièces, gr. et très gr. in-fol.

22 — **Folies-Bergères** : Double haute-école. — Le plus grand Géant du monde. — Le célèbre Charmeur de perroquets. — Le Héros du Niagara (Fontaine). — Rudesindo Roche. — Le Spectre de Paganini. — Tous les soirs spectacle varié (1888). — Puss. puss, puss. — Les Fleurs animées. — La Rosière de Montretout. — La Pile du calife. — Où est le corps ? — Les Lapins. — Les Hottentots à l'œil blanc. — La Maison tranquille. — Les Raynor. — Les Éléphants de Mlle Tournaire. — Les quatre Sœurs Martens. — 18 p. in-fol. et in-4.

23 — **Folies-Bergères :** Les deux Coqs. — Le ballet noir. — Puss, puss. — Les Boistel. — Truands et ribaudes. — Au Camp. — The terrible boy. — Le Château de Mac-Arrott. — La Moisson. — Cec Mec. — Vulcain et Cie. — Joujoux ballet. — Les Pinaud. Bonne aventure. — Les Griffith. — 15 p. in-4.

24 — **Hippodrome** : Descente de parachute (Spencer). — Kaïra et Olga. — 4, avenue Joséphine (programme complet). — Ling Look. — La Chasse. — Les six Éléphants de Sam Lockart. — G. Gontard. — Le Lion *(grande et moyenne)*. — 7 p. divers formats.

25 — **L'Horloge** : Noraly. — Ohé ! Durandard. — Bourgès. — Grosses têtes. — Tous les soirs (trois personnes dans un médaillon). — Troupe groupée autour du cadran. — Paulus-Duparc (en médaillons). — Bourgès (gr. in-fol.). — La Troupe avec Libert au-dessus d'un chevalet. — Portraits de famille. — Aristide Bruant. — Sisters Mathews. — Dufay. — Pierrot et Cadran. — C'est à Joinville. — 15 p. divers formats.

26 — **Nouveau Cirque** : Bains du Nouveau Cirque. — Chevaux et Nageuses. — La Grenouillère (grande et petite). — Le Carnaval de Venise (grande et petite). — La Noce à Chocolat (grande et petite). — La Foire de Séville (grande et petite). — Caviar l'ours (grande et petite). — 12 p. divers formats.

27 — **Etablissements divers** : Troupe du Khédive (théâtre international de l'Exposition). — Palais-d'Hiver (rue Rochechouart). — Grande Cascade des Montagnes russes. — Eden Musée. — Troupe d'Hiver (Eden-Concert). — Enl'vez l' ballon (Eden-Concert). — Chaillier, Mlle Bonnaire, à Chaillot les Gêneurs, (Grand Concert Parisien). — Original Paulus, les Invisibles (Menus-Plaisirs). — Le Pardès. — Eden-Cirque : Nava. — Les Folies infernales, Mlle Benita. — La Malle des Indes (théâtre Robert-Houdin). — Salle Wagram : Bal. — Jardin de l'Élysée-Montmartre, bal, dimanches et fêtes. — Elysée-

Montmartre, grand bal de nuit). — 18 pièces intéressantes, divers formats.

28 — Établissements divers : Musée japonais. — Paulus en Dieu Soleil *(Bruxelles)*. — Carnaval de Nice 1889. — Y a rien d'fait (Folies-Rambuteau). — Debailleul (Folies-Rambuteau). — Folies Hippiques. — Taverne de l'Enfer. — Schonoske, Troupe japonaise. — Rue Rochechouart, Palais-d'Hiver. — Café des Incohérents, rue Fontaine. — Casino, rue Vivienne. — Aeréens et Aeréennes *(Bordeaux)*. — Indiens dans leurs champs *(Epreuve avant la lettre)*. — Paradis latin. 14 pièces divers formats.

29 — Acrobates : Walter Bellonini. — D'' Festa, catalepsie. — Frères Pezon. — Hypnotisme Torcy. — Je n'ai pas vu Nouma Hawa. — Enfin, j'ai vu Nouma Hawa. — Au Secret de Pygmalion. — Laryngiloque Maureth. — Les Oriels et leur chien Castor. — Georges Pickes. — John's Marwel. — M. et Mme Valjean. — Marinelli l'homme serpent. — La Merveille anatomique Reggensen. — Troupe Freire. — Le célèbre professeur Ferdinandus. — Athos. — Slomann. — Great sensation aerial genius Wilson. — Nalla Damajvanti. — Stella A. Nollet. 21 pièces divers formats.

30 — Spectacles divers : Grand Plaza de toros du Bois de Boulogne *(Madrid)*. — San Sebastian Course de taureaux. — Arènes du Champ-de-Mars, Courses de taureaux. — Quai de Billy, Courses de Taureaux *(Deux différentes)*. — Prison de Louis XVI au Temple. — Reconstitution de la Bastille *(Inauguration)*. — La Prise de la Bastille. — La Bastille et la Rue Saint-Antoine. — Le Pays des Fées. — La Tour de Nesles *(2 différentes)*. — Le Tout-Paris, Castellani. — Musée patriotique de Jeanne d'Arc. — Casino de l'Exposition. 15 pièces divers formats.

31 — Spectacles divers : Jardin d'Acclimatation : Les Achantis (2 différentes). — Les Lapons (2 différentes). — Indiens avec éléphants (2 différentes). — Ballon captif. — Vaissier frères, Grande Cavalcade du Congo (Pièce en 8 morceaux in-fol.). — Cavalcade de Compiègne. — A Travers le Monde (Panorama Marigny). — Jardin des Tuileries (Grande Fête foraine). — Fête des Tuileries (Cirque miniature Corvi). — Jardin de Paris, Tous les soirs le Pacha Ismaël Abdurahmann. — Prise de Fou-Tcheou au lac Daumesnil. — Toujours à droite du Pont Bougival. — Casino de Bougival. — Bal des Canotiers, Bougival. 15 pièces divers formats.

32 — Spectacles divers : Exposition Internationale de Nice. — Le Cinquantenaire des Chemins de fer français. — Exposition des Arts incohérents, Galerie Vivienne. — Au Profit des Victimes du Choléra. — Milan : Exposition Universelle 1881. — Exposition de Sauvetage *(2 différentes)*. — Exposition des Œuvres de Feyen Perrin *(2 différentes)*. — Exposition de Jean Van Beers. — Apothéose de Victor Hugo. — La Cité sous Henri IV. 12 pièces divers formats.

IV. AFFICHES DE LITTÉRATURE

—

33 — Romans : La Grâce de Dieu. — Les Collets Noirs. — Maïma. — Le Fantôme. — Flamberge. — Les Vierges de Paris. — La Grotte du Milliard. — L'Évadé. — L'Abandonné. — Le Milliard. — Le Livre d'Amour. — Les Contes du Figaro. — Les Trois Cœurs. 12 pièces.

34 — **Romans** : La Comtesse de Charny. — La Revanche. — Cœur Brisé. — La Bible Amusante. — L'Anti-Prussien. — Le Corsaire aux Cheveux d'or. — La Marquise des Rues. — La Vengeance d'une Morte. — La Marâtre. — Le Parricide de Saint-Barnabé. — L'Amant trouvé. — Les Jours sans Pain. 12 pièces.

35 — **Romans** : Le Nom Fatal. — la Chanteuses de Rues. — La Belle Miette. — Les Conquêtes de la Science. — Milord l'Arsouille. — L'Héritier de Balsamo. — La France militaire. — Les Amours secrètes de Pie IX. *(très grande)*. — La Création du Monde. — Lolo à travers le Monde. — La Baïonnette. — Jeanne d'Arc. 13 p., gr. in-fol.

36 — **Romans** : Le Secret de Daniel. — Petite Reine. — *(très grande)*. — Les Mystères de Londres. — Les Maîtres espions. — Andréa la Tireuse de Cartes. — Roger la Honte. — Le Secret du Fou. — Martyre. — Contes patriotiques. — Les Scandales de Berlin. — Les Maîtresses du Pape. 11 p., gr. et très gr. in-fol.

37 — **Romans** : Le Remord d'un Ange. — La Bataille des Marseillais. — Histoire de France tintamarresque. — Contes de Boccace. — Marat. — L'Auberge du Monde. — Nos Soldats. — La Guerre. — La Police parisienne. — Histoire de 15 ans. — Curiosités médicales. — La Vie de Jésus. 12 p., divers formats.

38 — **Journaux et Divers** : Almanach astrologique pour 1859 (Cham., in-4° *rare*). — Le double Almanach de Mathieu de la Drôme pour 1876 (in-4° *rare*). — Le Gil Blas (tr. gr. in-fol.). — Le Matin. La Nation. tous les soirs (J. Ferry, en chinois). — L'Écho de Paris (médaillons). — Gil Blas. — La Journée. — Paris-Revue. — Le Succès. — Les Premières illustrées. Éd. Monnier, éditeur. 12 p., divers formats.

V. COMMERCE ET INDUSTRIE

39 — A l'Auberge du Lapin blanc. — Paramé. — A la
Tour St-Jacques. — Amara Blanqui. — Café Fouquet.
— A la Tour St-Jacques. — Enghien. — Voyages
dans les Pyrénées. — San-Sebastian. — Tripes à la
Mode de Caen *(très grande)*. — Je Viens d'acheter à
la Ville St-Denis. — Cirage Nubian *(affiche triple)*.
— A la Place Clichy. — Trouville bains de mer. —
Au pauvre Jacques. 15 p., divers formats.

40 — Le Picotin *(affiche double)*. — Palais de Biarritz.
Ma Voisine. — Bazar de l'Hôtel-de-Ville. — Protec-
teur de la Chaussure. — Chocolat de la C⁹ française.
— St-Galmier. — Luchon. — Au Moine St-Martin.
— Maison Simon. — St-Honoré-les-Bains. — Porni-
chet-les-Pins. — Royan. — Boulevard de la Gare. —
Hôtel de Paris. — Les Pêcheurs et les Intérieurs de
la Hollande. 16 p., divers formats.

41 — Bière française, Café des Incohérents. — La
Pomme de pin. — Pèlerinage à la maison de Victor
Hugo. — Promenade au Jardin d'acclimatation. —
Luchon. — Bazar des Halles et des Postes. — Agran-
dissement du Petit Journal. — Trains tramways à
St-Denis. — Bazar de l'Hôtel-de-Ville. — Bal la Gre-
nouillère. — Alimentation générale. — Casino de
Puys. — Le Richelieu, Poêle mobile. — Savon
concentré. — Arcachon ; 15 p., divers formats.

VI. ŒUVRES DE JULES CHÉRET

—

42 — A la place Clichy. — Inauguration des magasins du Printemps (tr. gr. in-fol.). — En donnant 3 francs au Grand Crédit Parisien (gr. in-fol. B. 22). — A Voltaire, Habits d'homme (gr. in-fol. B. 112). — A Voltaire (Statue), gr. in-fol (B. 113). — A la Parisienne (Robes, Manteaux, Jerseys), gr. in-fol. — A la Parisienne, Confection pour dames (gr. in-fol.). — Aux Filles du Calvaire, Toilettes de dames 1885 (gr. in-fol.). — Machines agricoles de H. Pilter (gr. in-fol.). — Plages de Bretagne (gr. in-fol.). — Stations balnéaires, Chemin de fer de l'Est (in-fol.). Excursions en Suisse (in-fol.). 12 p.

43 — Modes : Aux Buttes-Chaumont, etc. 12 p. gr. in-fol.

44 — Aux Filles du Calvaire : Jouets (gr. in-fol.). — A la Place Clichy : (Dame en robe bège), tr. gr. in-fol. — Concert de l'Horloge : Couverture mobile, in-4 (B. 332). — Jean Casse-Tête (roman), in-fol. — Écho de Paris : Courte et Bonne (roman), gr. in-fol. 6 p.

45 — Lactéoline (parfumerie), gr. in-fol. (B. 48). — Table d'Hôte Richardot, gr. in-fol. (B. 82). — Éden Théâtre : Exposition des Arts incohérents (gr. in-fol.) — Exposition universelle des Arts incohérents, 1889, (grande affiche et placard). — 42, boulevard Bonne-Nouvelle : Exposition des Arts incohérents, gr. in-fol. 5 p.

46 — Jardin de Paris (Champs-Élysées), in-fol. — Musée Grévin (Magie noire , gr. in-fol. — Exposition de l'art français sous Louis XV (gr. in-fol.). — Bal Bullier (Lyre et Femme en rouge), gr. in-fol. — Brillant Bühler, in-fol. (B. 18). 5 p.

47 — La Terre (roman), tr. gr. in-fol. — P'tit Mi (roman), tr. gr. in-fol. — Musée Grévin : Apothéose de Victor Hugo, in-4 (B. 265). — Maison du Petit Saint-Thomas : Exposition d'été, gr. in-fol. (B. 160). — Vêtements, etc., à la Belle Jardinière (gr. in-fol.). 5 p.

48 — Concert de l'Horloge (le Pékin de la Pékine), in-4 (B. 334, affiche ancienne et rare. — La Gomme (roman), tr. gr. in-fol. — Au Brillant Florentin (industrie), gr. in-fol. (B. 16). — Aux Paragons (commerce), gr. in-fol. (B. 24). — Hippodrome : Skobeleff, gr. in-fol. 5 p.

49 — Les Deux Orphelines (roman), très jolie. — Concert du xixe siècle : Plessis (B. 357). — L'Assommoir du grand monde (roman) (B. 251). — Les Misères des Enfants trouvés (roman). — Affichage Bonnard Bidault. 5 p. gr. in-fol.

50 — Nouveau Cirque : la Foire de Séville. — Nouveau Cirque : l'Ile des Singes. — Boulogne-sur-Mer : Saison 1889. — La Vengeance du Maître de forges. — Exposition publique : statue de Carnot. 5 p. gr. in-fol

51 — Tripes à la mode de Caen, in-4 (B. 88). La France juive (gr. in-fol. librairie). — Bal Bullier : Lyre et Femme jaune (in-fol.). — Nouveau Cirque : Combat naval (gr. in-fol.). — Diminution du gaz, Nouvelle cuisinière, tr. gr. in-fol. (B. 68). 5 p.

52 — **Les Misérables** (roman), in-fol. (B. 214). — Le Rappel, tr. gr. in-fol. — **Jean Loup** (roman), gr. in-fol. (B. 216). — Krao, gr. in-fol. — Luxeuil-les-Bains, gr. in-fol. 5 p.

53 — **La Halle aux Chapeaux**, tr. gr. in-fol. — Le Pays des Fées, Jardin enchanté, in-4. — Panorama de la Compagnie transatlantique, gr. in-fol. — Hippodrome : Au Congo, gr. in-fol. — Gran Plazza de Toros du bois de Boulogne, gr. in-fol. 5 p.

54 — **Palace Theatre** (troupe hongroise), in-4. — Établissement de Vittel (gr. in-fol., B. 63). — Hippodrome : les Éléphants, in-4 (B. 391). — Skating Saint-Honoré : Mohammed, in-fol. (B. 271). — Restaurant des Ambassadeurs : Paris l'été, gr. in-fol. (B. 83). 5 p.

55 — **Folies Bergères** : les Girard, in-4 (B. 412). — Musée Grévin : Catastrophe d'Ischia, in-4. — Hippodrome : Au Congo, in-4. — Lélia Montaldi (roman) gr. in-fol. — A Voltaire : Étrennes à tous les enfants, gr. in-fol. (B. 112). 5 p.

56 — **Rabelais**, gr. in-fol. (B. 226). — Au profit des victimes des sauterelles, g.. in-fol. — Hippodrome : les Bœufs, in-fol. (B. 293). — Exposition du Havre, gr. in-fol. — L'Homme qui rit (roman), gr. in-fol. 5 p.

57 — **Théâtre Taitbout** : la Cruche cassé   in-fol. (B. 465), rare et jolie ; l'Honneur de d'Orléans (roman), gr. in-fol. — Indiens Galibis, Jardin zoologique d'acclimatation, gr. in-fol. (B. 267). — Les Premières civilisations (roman), gr. in-fol. — Bains de la Porte Saint-Denis, gr. in-fol. (B. 62). 5 p.

58 — **Les Trois Mousquetaires** (roman), gr. in-fol., *très belle*. — Les Mystères du Palais-Royal (roman), in-

fol. (B. 219). — Hippodrome : tous les soirs, Courses à pied, etc., in-4 (B. 307). — Pour nos marins (exposition), gr. in-fol. — Physique et Chimie (librairie), gr. in-fol. 5 p.

59 — Jardins d'hiver et d'été : Tivoli-Vauxhail, mardi gras *(superbe affiche)*, gr. in-fol. (B. 495). — Musée Grévin : Germinal, in-4. — Nouveau Cirque : Combat naval, in-4. — Hippodrome : Cheval Blondin, in-4 (B. 300). — Au Tambourin, restaurant, in-fol. (B. 86). 5 p.

60 — Les Millions de M. Joramie (roman), *très jolie*, gr. in-fol. — Grand théâtre de l'Exposition : Palais des Enfants, in-4. — Panorama de Belfort (B. 254). — Musée Grévin : les Dames hongroises (gr. in-fol.). — Le Cocher de Montmartre (roman), in-fol. 5 p.

61 — Marmite américaine, gr. in-fol. (B. 71). — Montagnes russes (chariot), gr. in-fol. — Les Dames de Paris (roman), gr. in-fol. (B. 213). — Concert du xixe siècle : Panthéon français (Deram). gr. in-fol. — Nouveau Cirque : l'Ile des Singes, in-fol. 5 p.

62 — Valentino : Grand Bal de nuit (polichinelle et deux femmes costumées sur un fond noir), gr. in-fol. (B. 489). Superbe affiche. — « C'est » dit M. Béraldi, « la seconde affiche publiée par Chéret à Paris ; elle « est restée une de ses plus belles ».

63 — Hippodrome (clown et pierrot renversé), in-fol. (B. 286). Légende de M. Béraldi : « un culbutis de clowns ». Très drôle.

64 — Théâtre de la Gaîté : le Droit du Seigneur, gr. in-fol. (B. 402). Une des plus belles affiches de Chéret.

65 — Folies-Bergères : Do, Mi, Sol, Do, les Hanlon-lees, in-4 (B. 438). *Rare.*

66 — Théâtre de la Renaissance : Fanfreluche, gr. in-fol. (B. 457). Une des plus belles affiches de Chéret.

67 — Hippodrome : Cadet Roussel, gr. in-fol. (B. 304). Très belle affiche.

68 — Tivoli Vauxhall (folie entre les médaillons de pierrot et de polichinelle, gr. in-fol. (B. 498). Superbe affiche.

69 — Spectacle-Promenade de l'Horloge, in-4 (B. 334), (garçon de café présentant sur son plateau les principaux sujets de la troupe). *Très belle.*

70 — Palace-Théâtre, gr. in-fol, même sujet que Skating-Théâtre. Très belle affiche.

71 — Concert-Promenade de l'Horloge. — Duo des Chats. in-4 (B. 345). *Rare.*

72 — La Juive du Château-Trompette, tr. gr. in-fol. (roman). Superbe affiche. Une des plus remarquables.

73 — Crémorne, Mi-Carême, Grand Bal de nuit, gr. in-fol (B. 493). Affiche rare et célèbre, c'est le sujet qui a servi pour Valentino.

74 — Concert des Ambassadeurs (les Mogolis) excentric dancers, in-fol. (B. 329), *rare et très curieux.* — Concert des Ambassadeurs (tableau de la troupe en médaill...), gr. in-fol. — Les Premières Armes de Louis XV (théâtre), in-fol. 3 p.

75 — Les Brigands (Gaîté), *rare*, in-fol. (B. 472). — Tabarin (Opéra), in-fol. (B. 445). — Francoise de Rimini (Opéra), in-fol. (B. 442). 3 p.

76 — A la place Clichy (dame verte à Eventail), gr. in-fol. *Affiche remarquable.* — La Chaumière du Proscrit (roman), gr. in-fol. — Concert du XIXe siècle :

Femme avec Lyre, in-4. — La Nouvelle vie militaire
gr. in-fol. (B. 209). *Rare*. 4 p.

78 — OEuvres de Paul de Kock, gr. in-fol. (*Très jolie*).
— Le Figaro illustré (Journal, 1885), gr. in-fol.,
(B. 227). — L'Écho de Paris (Journal), gr. in-fol. —
Histoire d'un Crime (Librairie), gr. in-fol. (B. 215).
Rare. 4 p.

79 — Café-Concert des Ambassadeurs (Les quatre sœurs
Martens), gr. in-fol. — Les deux Apprentis (Roman),
gr. in-fol. (B. 241). — Thaumaturgie (Théâtre), gr.
in-fol. — La Salamandre, grand poêle roulant, tr. gr.
gr. in-fol. 4 p.

80 — Hippodrome : Fantasia Arabe, gr. in-fol. (*Très
jolie*). — Bouffes : La Quenouille de Verre, in-fol.
(B. 455). *Rare*. — Au Masque de fer (Nouveautés),
gr. in-fol. (B. 122). — Opéra : Velléda, in-fol. 4 p.

81 — Le Comte de Monte-Cristo (Roman), 1888, gr.
in-fol. — Concert-Promenade de l'Horloge, tous les
soirs, in-4. — Casino de Dieppe, gr. in-fol. — Hippodrome : Fête Romaine, in-4. 4 p.

82 — A la Nouvelle Héloïse ! (Nouveautés), gr. in-fol.
(*Jolie pièce ancienne et rare*). — Les Sept Péchés
capitaux (Roman), gr. in-fol. — Musée Grévin : La
Mort de Marat, in-4. — Le Cocher de Montmartre
(Roman), gr. in-fol. 4 p.

83 — Recoloration des Cheveux par l'Eau des Sirènes
(Tr. gr. in-fol.), *une des belles compositions de
Chéret*. — Concert du XIXe siècle : Juliette D'Arcourt,
in-4. (B. 356). — Opéra-Comique : Le Portrait, in-fol.
(B. 447). — Nouveautés : Le Château de Tire-Larigot,
in-fol. (B. 467). 4. p.

84 — Les Pilules du Diable (Châtelet), gr. in-fol. (B. 479), *une ancienne et très rare affiche.* — Th. des Folies-Dramatiques : Les Turcs, in-fol. (B. 459). — Eden-Théâtre : Viviane, in-fol. (*Très belle affiche*). — L'Oncle Sam (Titre de musique), in-fol. 4 p.

85 — Les Mystères de Paris (La Cité), tr. gr. in-fol. (B. 222). — Les Mystères de Paris (Fleur-de-Marie), in-fol. (B. 224). — Les Mystères de Paris (La Chouette faisant mendier Fleur-de-Marie), gr. in-fol. (B. 223). 3 p.

Ces trois pièces sont des chefs-d'œuvre.

86 — La Grande-Brûlée (Roman), gr. in-fol. (B. 250). — Le Petit Lyonnais : La Bande Graaft, gr. in-fol. (B. 231). — Musée Grévin : Concert Tzigane, gr. in-fol. 3 p.

87 — Alcazar d'Été : Les Rigolboches, in-fol. (B. 351). *Cette pièce a été interdite par la Censure.* — Th. de la Renaissance : La Tzigane, in-fol. (B. 458). — Th. de la Renaissance : La Reine Indigo, in-fol. (B. 456). 3 p. curieuses et rares.

88 — Opéra : Les Deux Pigeons, in-fol. (*Charmante affiche*). — Tous les soirs, à 7 h. 1/2, Concert des Ambassadeurs (Clowns et Bacchantes), gr. in-fol. — Musée Grévin : Cabinet fantastique, gr. in-fol. 3 p.

89 — Aux Buttes Chaumont : (Jouets), étrennes 1886, tr. gr. in-fol. (B. 182) : Enfant sur Cheval de bois, *Rare* et l'une des plus belles! — Jardin de Paris (Éventail), in-4. — La Petite Mionne (Roman), in-4. (B. 219). 3 p.

90 — Aux Buttes Chaumont : Jouets et objets pour étrennes (Deux Enfants tenant Polichinelle et Poupée ; au bas, petit lapin), tr. gr. in-fol. *Superbe*

affiche.— Hippodrome : Cadet Roussel, in-4. (B. 305),
Fort jolie. — Casino Skating-Bal, rue Cadet, in-4.
(B. 274). 3 p.

91 — Au Bon Génie : Distribution des Drapeaux, gr.
in-fol. (B. 21), *jolie affiche.* — Hippodrome, Saison
équestre, 1883, in-4 (B. 282). — Folies-Bergères, tous
les soirs, O. Metra (Bergère devant une lyre), in-4
(B. 394). 3 pièces.

92 — Panorama : Les Cuirassiers de Reischoffein,
très gr. in-fol. (B. 253). — Montagnes russes, de
10 heures à minuit, gr. in-fol. — Le Drame de Pon-
charra (roman), *très belle affiche, reproduite dans
l'ouvrage de M. Maindrou,* gr. in-fol. (B. 221).
3 pièces.

93 — Variétés : Mamz'elle Gavroche, in-fol. (B. 452). —
Exposition des tableaux et dessins de Willette, gr.
in-fol. — Une Jeune Marquise (roman), gr. in-fol.
3 pièces.

94 — Concert des Ambassadeurs : Jeu de Cartes, tr. gr.
in-fol. (B. 319). — Opéra : La Farandole, in-fol. (B.
444). — Espana (titre de musique), in-4. 3 pièces.

95 — L'Amant des Danseuses (*très belle affiche, un des
chefs-d'œuvre*), gr. in-fol. — Théâtre Historique :
les Muscadins, gr. in-fol. (B. 481), *rare.* — Cirque
d'Hiver : Une Caravane, gr. in-fol. (B. 278). 3 pièces.

96 — Grand théâtre de l'Exposition : Palais des Enfants,
très gr. in-fol. (*très belle affiche*). — Eau Raphaël
(parfumerie), gr. in-fol. (B. 56). - Opéra : Polyeucte,
in-fol. (B. 441). 3 pièces.

97 — Opéra-Comique : Le Roi malgré lui, in-fol. (*charmante affiche*). — Grand Bal du Moulin-Rouge (tr.
gr. in-fol.).—Concert des Ambassadeurs (médaillons) :
tableau de la troupe, gr. in-fol., *rare.* 3 pièces.

98 — **Affiches des Œuvres de Zola, par divers :** Châtelet : Germinal. — Châtelet : l'Assommoir. — Ambigu : Nana. — Théâtre historique : le Ventre de Paris. — Le *Gil Blas* publie : la Joie de Vivre. — La Terre (dans le *Gil Blas*). — Le Rêve (*Revue illustrée*). 7 pièces, divers formats.

99 — **Granville :** Les Métamorphoses du Jour, affiche ancienne, in-4 oblong. *Très rare.*

100 — **Grasset :** Les Fêtes de Paris, gr. in-fol. — L'Age du Romantisme, gr. in-fol. — Le Cavalier Miserey (roman), très gr. in-fol. 3 pièces.

101 — **Willette :** Courrier français, in-fol. — Nouveau Cirque : la Grenouillère, très gr. in-fol., *n'a pas été affichée*. — Élections législatives, 1889. — 3 pièces curieuses.

VII. AFFICHES ÉTRANGÈRES

102 — Bolossy Kiralfy's « Water Queen », in-4 (New-York).—Bolossy Kiralfy's : le Siège de Troie, ballet, in-fol. — Bolossy Kiralfy's : Black and Wite, in-4. — Bolossy Kiralfy's : Automatins, in-4° (New-York). — Gaiety Théâtre : Faust, rip the date, in-4° (London). — London-Pavillon : Torrikata, in-fol. — The Bells of Haslemeere, in-fol. (London). — The World Agaiust here, in-fol. — Miss Fanny Leslie, in-fol. (London). — Hans the Boatman (*affiche anglaise*, in-fol. 10 pièces.

103 — Buffalo Bill's, Will West, gr. in-fol. — Collection de 7 pièces américaines.

104 — Arrestation ! (Clément Smith, 28,508). — Révolte
à bord ! (Clément Smith, 28,509). — Deux superbes
affiches anglaises, grandes chacune comme 3 affiches
quadruple colombier.

105 — The Silver Fall's, by G. Sins (David Allen, London).
— The Silver's Luck, scène sous-marine (David
Allen). — Ben-My-Chree (Clément Smith, 38,798).
3 superbes pièces, affiches anglaises, grandeur inu-
sitée.

106 — Harbour Lights ! (Clément Smith, 24,936). —
Superbe affiche anglaise du plus grand format. —
Exposition universelle d'Anvers (très gr. in-fol.). —
Appel aux nations : Bruxelles Attraction (gr. in-fol.).
3 pièces curieuses.

VIII. ESTAMPES

CARICATURES POLITIQUES ET AUTRES, RECUEILS, ETC.

107 — *Le Carnaval à Venise* en 1709, 4 estampes ita-
liennes (in-fol.). — Régates, Jeux, Place Saint-Marc,
Grand Canal. — Curieux et rare.

108 — *Vues d'optique.* — 3 pièces, format oblong. —
1° Course de Bagues sous Louis XIV (place du Car-
rousel); 2° Vue de la place Louis XV, à Paris;
3° Vue de l'intérieur de la salle du théâtre à Vérone.

109 — *Vues de Venise moderne.* — 13 photographies
in-4 oblong, dont 4 coloriées

110 — *8 portraits, grandes lithographies*. — Mme Malibran (d'après Decaisne), Julie Grisi (Léon Noël), Mmes Fanny Essler, Taglioni, Sontag, Falcon, Plessis, L. Fay (par Grévedon). — Bonnes épreuves.

111 — *9 Portraits, Grandes Lithographies* (Grévedon et Vigneron) : Mme Récamier, Mme De Staël, Mlle Falcoz, Léontine Fay, Mme Allan Dorval, Mme Damoreau, etc.

112 — *Parallèle des Salles Rondes de l'Italie*, par Isabelle. 2e édition. Paris, Lévy, 1863. — 1 vol in-fol. avec planches (En feuilles).

113 — *Paris-Métiers*, par Lanté et Gatine. 30 planches coloriées, à pleines marge. N°s 7, 8, 9, 11, 12, 13, 14, 20, 22 à 44.

114 — *Toï ou Soirée dansante à Kaghâ-Choura*, par Célestin Nanteuil (D'après le Prince Gagarine). 1 lith. grand in-fol. — *Meyerbeer*, lith., par Maurou.

115 — *Bals de l'Opéra*. — *Costumes du Quadrille Historique*, par Devéria, Lami, etc. — Paris, Rittner Goupil. 14 planches et titres coloriés. En feuilles. Grand in-fol. *Recueil d'une grande rareté*: les marges sont en mauvais état. Les costumes sont intacts et d'un coloris parfait.

Détail : Titre et encadrements composés par Chenavard. — Consulat 1807. — Empire 1807, par E. Lami (Cités par Béraldi). — Année 1792 (2 planches). — Année 1794, par Devéria. — Règne de Charles IX (Année 1560), par Boulanger. — Règne de Henri III (Année 1574), par Saint-Evres. — Règne de François Ier (Année 1515), par H. Dupont. — Règne de Henri II (Année 1547), par Delacroix. — Règne de Louis XIII (Année 1636), par Trégler. — Règne de Louis XV (Année 1750), par T. Johannot. — Règne de Louis XVI (Année 1779), par Saint-Evres. — Règne de Louis XVI (Année 1786), par E. Devéria. — Règne de Louis-Philippe (Année 1834), par T. Johannot.

116 — **Boilly**. 12 pièces en couleur (à 2 et 3 personnages) : L'Envie. — L'Avarice. — Les Papillotes. — L'adroit Barbier. — Les Époux assortis. — La Félicité parfaite. — L'Été. — L'Hiver. — Les Cancans. — Les Récompenses. — Finissez donc. — La bonne Aventure.

117 — **Boilly**. 7 pièces en couleur et titre gravé : « Recueil de Grimaces » (*Rare*). Paris, chez Delpech. Réunis en 1 vol., demi-rel. maroquin rouge : Le Titre. — La Lecture du Testament. — Les Faux Toupets. — Les Moustaches. — La Félicité parfaite. — La Punition. — Ah! qu'il est bon! — Le Jour de Barbe.

118 — **Boilly**. 18 pièces en couleur (à 5 personnages) : « Le Grimaces ». Nos 1, 3, 5, 7 et 8 : Les Faux Toupets. — Le Concert. — Le Pouvoir de l'Éloquence. — La Sortie d'une Maison de jeu. — La Mariée. — L'Enfance. — Les Lunettes. — Les Antiquaires. — Les Gueux. — La Lecture du Testament. — Famille Africaine. — Les Moustaches. — Consultations de Médecins.

119 — **Souvenirs de Bruxelles**. Dessinés par Madou. 12 pl. et titres coloriés. En un album oblong. Bruxelles, Dero-Becker. Cart. perc. angl.

120 — **Grand Abécédaire en actions**, par les dessinateurs du Musée Philipon (Daumier, Gavarni, Johannot, etc.). — Paris, Aubert. 1 vol. pet. in-4, cartonn. de l'éditeur. — **La Ménagerie Parisienne**, par Gustave Doré. — Paris, au bureau du *Journal pour rire*. 24 lith. en un album in-4° oblong, broché, couvert.

CHAM

121 — *Pincez-moi à la campagne. — Ah! quel plaisir de voyager. — Nos Gentilshommes en chambre. — M. Papillon.* — Paris, Martinet, 4 albums, p. in-4 de 20 planches et titre chacun. Cartonnages de l'éditeur.

122 — *Les Tortures de la mode. — L'Art d'engraisser et de maigrir à volonté.* 2 albums, p. in-4 de 20 planches et titre chacun. Cartonnages de l'éditeur. — *L'Art de réussir dans le monde. — Les Tâtonnements de Jean Bidour.* Recueils de 20 lithographies et titre chacun, p. in-4.

123 — *10 Albums comiques,* brochés, couvertures, Coups de crayon. — La Banque Prudhon. — L'Exposition de Londres. — La Bourse illustrée. — Cham au salon de 1870. — Chassepotiana. — Le Carnaval à Paris. — La Chronique du jour. — Nouvelles Charges parisiennes. — Cham au salon de 1878. Paris, Arnaud de Vresse et aux bureaux du *Charivari.*

124 — *Albums comiques.* — 25 Albums réunis en 1 vol., demi-reliure avec article nécrologique sur Cham *(réunion intéressante).*

125 — **Cham.** — 19 Albums comiques réunis en 3 vol., demi-reliure, maroquin rouge (avec les couvertures) : 1° l'Age d'argent. — La Grammaire illustrée. — Cours de physique. — Cours de géométrie. — Le Code Civil ; — 2° Encore un Album, Olla Porrida. — Cham au salon de 1861. — Le Salon de 1857. — Ces bons Chinois. — Deuxième promenade à l'Exposition de Londres. — Nouveaux Habits, nouveaux Galons ; — 3° Ces jolis Messieurs. — Paris s'amuse. — Charges parisiennes. — Croquis parisiens.

Folies parisiennes. — Nouvelles Pochades. — Nouvelles Fariboles.

126 — *Délassements-Comiques.* — Croquis d'Automne. — Croquis de Printemps. — Nouveaux croquis de chasse. — En Vacances. — *Album pour rire.* — Fariboles. — Macédoines. — Salmigondis. — L'Arithmétique illustrée. — *Revue comique.* — En Carnaval. — Paris l'été. — Nouvelles leçons de puérilités. — Promenades à l'Exposition. — *Paris amusant.* — Ces bons Parisiens. — Au Bal masqué. — La Bourse illustrée. — Calendrier pour 1853. 4 vol. contenant chacun 4 albums comiques. Cartonnages de l'éditeur. Paris, aux bureaux du *Charivari.*

127 — *Actualités (politiques et parisiennes).* Paris, Maison Martinet, 36 pl. coloriées et 39 pl. lith., hors texte.

128 — Le Musée Aubert. — 64 pl. dessinées par Cham. — Album de rébus comiques par Cham (oblong, Magasin des Familles). — Un Génie incompris. Petit Album oblong. — M. La Jaunisse, petit album oblong. — M. La Mélasse, dº, dº, dº (*premières œuvres de Cham*). 5 albums en tout.

129 — **Merveilleuses** (Horace Vernet et Gatine), nᵒˢ 2, 4, 15, 19, 20, 5 pl. en couleur

130 — **Incroyables** (Horace Vernet et Gatine), nᵒˢ 2, 5, 7, 9, 25. — 5 pl. en couleur.

131 — **Henry Monnier.** — (4 caricatures coloriées). Jolies planches.

132 — **Groupes d'incroyables** : l'Amateur anglais à Paris. — La Galanterie française. — Famille française à Londres. — Bonne Digestion. 4 pl. en couleur. Bel état.

133 — **Caricatures en couleur** : la Russe ou les Alliés à Tivoli. — L'Anglaise à Tivoli. — Les Foireurs. 3 pl. curieuses.

134 — **Caricatures en couleur** : le Salut (Isabey). — Les Invisibles en tête à tête. — Tout et trop peu. — Effet merveilleux des lacets. — Nouvelle manière d'essayer les culottes de peau. 5 pl.

135 — **Pigall.** *Scènes populaires.* 12 pl. coloriées (chez Martinet). — **Ch. Philipon.** *Six Caricatures colo-riées* (modes du jour, ridicules, etc.).

136 — **Grandville.** Métamorphoses du jour et autres Caricatures coloriées. 10 pl. diverses.

GAVARNI

137 — *OEuvres nouvelles* : Par-ci, Par-là et Physiono-mies parisiennes. — Cent Sujets. — Aug. Marc et Cie. — Paris, 1 fort vol., in-fol. doré sur tr. Cartonn. de l'éditeur.

138 — *D'après nature.* Quatre Dixains. — Texte de J. Janin, P. de Saint-Victor, Ed. Texier et E. et G. de Goncourt. Paris, Morizot, 4 vol. doré sur tr. cartonn. de l'éditeur.

139 — *Les Premières OEuvres de Gavarni*, 1 vol. in-fol. d.-rel., préface d'Arsène Houssaye. 19 pl. bistre (manque le titre et le portrait de Mme Sophie Gay).

140 — *Nouveaux Travestissements pour le théâtre et pour le bal*, 2 vol. Hautecœur et Martinet, cartonn.-toile. Titres. 78 pl. dont 19 sont de Devéria. Sur ces 19, il en manque 7 au 2e vol. Les Gavarni sont complets.

141 — *Douze nouveaux Travestissements* (1856, bureau des Modes parisiennes). — *Nouveaux Travestisse-ments* (nos 52, 60, 61, 67, 72). — *Travestissements*

nouveaux (la Mode n⁰ˢ 113, 116, 109). — *Modes*
(6 pl. extraites de l'Artiste et de la Mode). — *Premières Œuvres* (bal chez A. Dumas, loge de
Mᵐᵉ Dorval, loge aux Italiens. 3 pl. séparées). —
Portrait-charge de Gavarni (extrait du *Charivari*),
par Benjamin. 30 pl. diverses.

142 — *Les Enfants terribles*. 22 pl. coloriées, très bon
état. n⁰ˢ 2, 3, 4, 5, 7, 9, 10, 14, 17, 18, 23, 24, 25, 27,
30, 32, 34, 37, 38, 45 (en double) et 46.

143 — *Les Débardeurs* (6 pl. coloriées). — *Paris le Soir*
(1 pl. col.). *Les Jolies Femmes de Paris* (1 pl. col.).
— *Fourberies de femmes*. 2ᵉ série. (4 pl. col.). —
Impressions de ménage. 2ᵉ série (8 pl. col.). — *Les
Actrices* (1 pl. col.). — *Le Carnaval* (4 pl. col.). —
Le Carnaval à Paris (11 pl. col.). En tout : 36 pl.
col., très bon état.

144 — *Transactions* (4 pl., hors texte). — *Des Mères de
familles* (3 pl. d⁰). — *Balivernes parisiennes* (11 pl.).
— *Gentilshommes Bourgeois* (3 pl.). — *Les Patrons*
(2 pl.). — *Affiches illustrées* (4 pl.). — *Chemin de
Toulon* (10 pl.). — *Les Bals masqués* (2 pl. du
Charivari). — *Les Étudiants de Paris* (13 pl. du
Charivari). — *Nuances du sentiment* (9 pl. du Chari-
vari). — *Leçons et Conseils* (3 pl., hors texte et 9 du
Charivari). En tout : 73 pl. en noir.

F. ROPS

145 — Cevaert. — *Bas-relief grec*. Planche hors texte
(très rare).

146 — *Uylenspiegel au Salon* (revue de l'Exposition
de 1857). Bruxelles, imp. de F. Parent, 1857. 1 vol.
broché, in-16. 23 dessins. Couverture illustrée.
(Très rare).

147 — *Galerie d'Uylenspiegel.* — 9 portraits-charges,
Nadar, Wicart, Barielle, Prilleux, Ed. Georges, De-
poitiers, Soubre, G. Fissher, L. Sacré.

GRÉVIN

148 — *5 dessins originaux* à l'aquarelle. — Costumes
pour *Obéron* et le *Royaume de Neptune.* (Ce lot
pourra être divisé).

H. DAUMIER

CARICATURES POLITIQUES PARUES DANS LA "CARICATURE"

149 — Un rentier des bons royaux. — Un rentier des
Cortès. (Bonne épreuve).

150 — Moderne Galilée. — Et pourtant elle marche.
(Bonne épreuve).

151 — Celui-là, on peut le mettre en liberté, il n'est
plus dangereux. (Très belle épreuve).

152 — Baissez le rideau, la farce est jouée ! — La Ju-
ment du prince et le Chien de la princesse. —
Magot de la Chine.

153 — Celui-là, on peut le mettre en liberté (sans marges). — Où allons-nous ? Où allons-nous ? — Le
Moulin du Télégraphe.

154 — La Tête branlante. — Voyage à travers les popu-
lations empressées. — Récompense honnête décer-
née en 1800 à Louis-Philippe d'Orléans.

155 — Très bien, très bien, vous vous êtes parfaite-
ment conduits. — Gros cupide, va ! — Le maréchal
Mortier la veille de Waterloo.

156 — 1830 et 1833. — Petits, petits, petits, etc. — Les
Honneurs du Panthéon.

157 — Théâtre royal des Marionnettes. — Athéniens, prenez garde à Philippe. — Quand le diable devient vieux. — Repos de la France.

158 — Les Mannequins politiques. — Un grand mortier à très petite portée. — La Tentation. — Le Chat la Belette et le petit Lapin.

159 — Aristocratie, Démocratie. — De tes humbles Foutriquets. — Dédale et Icare. — Caligula fit de son cheval un président du Sénat. — Messieurs, l'auteur de la pièce.

160 — Marie-Louise Pairie. — Dup. *(Dupin)*. — L'apoplexie allant remplacer à Londres la paralysie.

161 — Yeux noirs, front haut. — Chimère de l'Imagination. — Le Carcan. — Récompense honnête aux Électeurs obéissants.

162 — Mlle Étienne Joconde. — Constitutionnel. — La Baraque politique. — Le Magicien. — Mon Beau-Père, vous êtes un vieux blagueur. — M. Berryer est à la Tribune. — Eh bien! vous devez être contents.

163 — *Portraits politiques en pied* : M. Royer-Collard, M. Barthe, M. Bartle, M. Dargo. 4 p.

H. DAUMIER

CARICATURES HUMORISTIQUES ET SATIRIQUES

164 — *Types parisiens* (30 pl. coloriées), bel état.

165 — *Croquis d'Hiver, Croquis d'Été, Pastorales* (19 pl. coloriées). — *Caricaturana et Robert Macaire* (10 pl. col.). — *Les beaux Jours de la Vie* (9 pl. col.). — *Actualités* (19 pl. noires et 2 col). En tout, 59 pl.

166 — *Tout ce qu'on voudra* (18 pl. noires et 2 col.) — *Mœurs conjugales* (2 pl. col., 2 pl. noires, 7 pl. extraites du *Charivari*). — *Histoire ancienne* (19 pl. col.). — *La Journée du Célibataire* (18 pl. noires). — *Les Cinq Sens* (5 pl. noires). En tout, 65 pl.

167 — *Les Canotiers parisiens* (17 pl.). — *Les Baigneurs* (14 pl. et 2 extr. du *Charivari*). — *Émotions parisiennes* (23 pl. et 7 du *Charivari*. En tout, 64 pl.

168 — *Les Philantropes du jour* (4 pl. col.). — *Les Banqueteurs* (3 pl.). — *Les Papas* (3 pl. col.). — *Quand on a du guignon* (3 pl.). — *Plaisirs des Champs-Élysées* (4 pl.). — *Les Bons Bourgeois* (7 pl. col.). — *Bohémiens de Paris* (2 pl. col.). — *Les Parisiens* (1 pl.). — *Scènes parisiennes* (4 pl.). — *Silhouettes, en chemin de fer.* — *Les Spirites.* — *Les Alarmistes.* — *Comédies de société*, etc. (12 pl. col., 3 pl. noires et 5 pl. extraites du *Charivari*). — En tout : 51 planches.

GRANDES PLANCHES POLITIQUES

PARUES DANS LA "CARICATURE"

169 — Voilà, Messieurs, ce que nous avons l'honneur d'exposer journellement.

170 — La Chair est faible. — Grande parade politique (*Grandville*). — A ceux qui ses présentes, verront, salut! (*Philipon*).

171 — Anvers! prends garde! (*Coloriée*). — Statue antique (*Traviès*).

172 — **Route de Pantin.** — Vieillards, votre heure est venue (*Traviès*). — Une exécution sous Louis XI. — Quel Rêve!

173 — **Grrrandes Manœuvres.** — Scène révolutionnaire. — Le Père si tendre avait promis. — Imitation du tableau des Janissaires (*Benjamin*).

174 — **Grand Enterrement du gros Constitutionnel.** — Festin de Balthazar. — Mascarade politique.

175 — **Les Feuilles publiques.** — Il serait plus facile d'arrêter le soleil. — Revue des Gardes Nationaux. — Marche de la banlieue venant au secours des cent mille hommes de troupe.

176 — **Grand assaut d'armes.** — Règne animal, histoire naturelle (1 et 2). — Cérémonie des Cendres politiques 1, 2 et 3, 6 pl. coloriées de *Grandville*.

177 — **Carjat et Durandeau** : 36 portraits-charges du « Boulevard. » Tirés hors texte, format in-4; *rare, aussi complet*.

178 — **E. de Beaumont.** — Les Filleules des fleurs à Paris 1 à 8, 11 et 12, 10 pl. en couleur, in-8. — Paris, Goupil.

179 — **Costumes de l'Opéra** : xviie et xviiie siècles, avec préface de Ch. Miller. 50 pl. fac-similé à l'eau-forte, en couleurs, par A. Guillaumot fils.—Paris, A. Lévy, 1883, 1re éd., 1 vol. in-fol.

180 — **Caricatures coloriées** (lot de 24). — Doubles visages de Traviès. — Sujets politiques. — Loterie de 1821. — Modes, etc.

181 — **Scènes théâtrales :** 19 pl. dont 6 en couleur, tirées des Souvenirs d'un vieil Amateur dramatique.

182 — **Petits Albums pour rire,** par G. Doré, Nadar, Randon, etc. — 42 albums réunis en 2 vol., demireliure. — Paris, bureau du *Journal pour rire.*

183 — **Célestin Nanteuil.** — F. Soulié, Paul de Kock et une Gravure de modes 1835. 3 pièces.

184 — **Caricatures politiques** (Lot important de 35). Du règne de Louis-Philippe Ier, par Traviès, Benjamin, etc. Tirées hors texte.

185 — 8 Croquis populaires, lithog. par Raffet, Charlet, Bellangé. — 23 Caricatures politiques (de 1830 à 1838. 31 p. hors texte.

186 — **Caricatures diverses** (Lot de), par Darjou et J. Pelcocq, Paris. Martinet, 50 pl. dont 28 coloriées, hors texte.

187 — 14 **Portraits** lithogr. avec biographies et facsimile d'autographes (in-4, extraits du Panthéon des Hommes illustres) : E. Augier, Béranger, Corot, Courbet, O. Feuillet, Flandrin, Ingres, J. Janin, A. Karr, P. de Kock, Lamartine, Méry, Rosa Bonheur, George Sand, J. Sandeau, V. Sardou.

188 — **Portraits** (Lot de 48) de personnages illustres et de 38 gravures diverses, in-12. 86 pièces.

189 — **Modes.** — Costumes parisiens et *Petit Courrier de la Mode,* de 1815 à 1830. 293 pl.

190 — **Albums anglais** pour l'enfance. — The Children Kettledrum, Abroad, Old proverbs, Ups and downs, the may Blosson, the horkey. Fines illustrations et chromos. 6 albums, in-8, oblong, état de neuf.

IMPRIMERIE A. MAULDE ET Cie

144, RUE DE RIVOLI — PARIS

MIRE ISO N° 1
NF Z 43-007
AFNOR
Cedex 7 - 92080 PARIS-LA-DEFENSE

graphicom

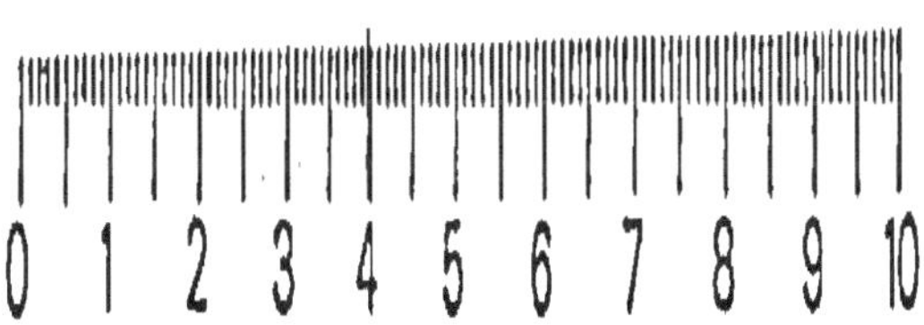

BIBLIOTHEQUE NATIONALE DE FRANCE

****

CHATEAU DE SABLE

1996